Comment utiliser ce livre ?

Chaque livre de la collection présente un Tétrok : origine, habitudes alimentaires, comportement... Avec **l'application gratuite Tétrok à télécharger sur www.tetrok.fr**, tu pourras animer les images en les filmant, capturer ton Tétrok, l'élever et l'accompagner dans ses aventures. Récupère de la nourriture et des objets dans le livre, affronte des Tétrok sauvages qui t'aideront à faire évoluer ton compagnon et remporte plein de trophées !

Si tu n'as ni tablette ni smartphone, sache que le livre peut être lu indépendamment de l'application.

Présentation de l'application

L'application **Tétrok** est basée sur deux modes : le mode réalité augmentée – représenté par l'icône –, qui te permettra de filmer le livre afin de capturer ton Tétrok et de récupérer des objets et de la nourriture dans les illustrations, et le mode jeu – représenté par l'icône –, dans lequel tu pourras élever tes Tétrok, et bien plus encore.

Réalité augmentée

Jeu

Préparation

- Avant de te lancer dans l'aventure Tétrok en filmant les pages du livre, pose-le sur une surface plane et ouvre-le bien, afin que ***les pages tiennent toutes seules le plus à plat possible*** (tu auras besoin de tes deux mains pour utiliser l'application). ***Pense à vérifier que ton application est bien à jour.***

1. Capture ton narborok !

- Filme les pages **6** et **7**. Si le narborok pointe le bout de son nez, attrape-le et glisse-le dans le sac, en bas à droite de l'écran. Ton Tétrok est maintenant capturé, tu vas pouvoir commencer à t'en occuper dans le jeu.

2. Nourris-le !

- Filme les images du livre qui possèdent l'icône et récupère de la nourriture ***(fruits, insectes, poissons...)***. Cherche bien, les différents aliments sont parfois bien cachés ! Une fois que tu les as trouvés, fais-les glisser dans ton sac, en bas à droite de l'écran.

- Retourne dans la forêt et ouvre ton sac pour lui donner à manger. La nourriture se trouve dans le sac de nourriture . Fais glisser l'aliment jusqu'à ton narborok, qui l'attrapera.

Attention, un Tétrok trop nourri, ou à qui tu auras donné les mauvais aliments, peut tomber malade !

Renseigne-toi bien sur ses habitudes alimentaires [page 17].

Dans le livre, tu trouveras aussi un arrosoir vert ***[page 13]***, indispensable pour récupérer de l'eau dans le puits. Le narborok doit absorber beaucoup d'eau.

3. Jauges de faim, d'humeur et de vie

- Les Tétrok ne parlant pas, il est difficile de savoir ce qu'ils ont dans la tête ! Heureusement, ces trois jauges t'aideront à mieux comprendre leurs besoins.

- Nourris-le pour faire monter sa jauge de faim.
- Joue avec lui et donne-lui sa nourriture préférée pour faire monter sa jauge d'humeur.
- S'il tombe malade, cueille un champignon vert et blanc ***[pages 10-11]*** et donne-lui pour rétablir sa jauge de vie.

4. On ne va pas non plus tout t'expliquer !

Laisse-toi guider, tu as plein de choses à découvrir.

Bienvenue dans le monde des Tétrok !

Télécharge l'application sur **www.tetrok.fr**

Pense à faire une mise à jour (si besoin) lorsque tu adoptes un nouveau Tétrok !

Pour Enzo -
Avoir un marbook c'est le top !
Anne-Fleur Drillon

Conception : Thibault Prugne
Conception graphique et mise en pages :
Boris Sabatier - www.boris-sabatier.com
Impression : SEPEC (France)
Dépôt légal : octobre 2015
Éditions Margot
www.editions-margot.com

ISBN : 979-10-95184-02-7

APPLICATION :
Concept : Thibault Prugne - *Conception graphique :* Clément Lefèvre
Développement jeu : Pierre Vialle - *Développement réalité augmentée :* Jérémy Matichard
Animation : Vincent Béchet - *Graphisme :* Boris Sabatier - *Musiques :* Paolo Codognola

PEFC™ **10-31-1470 / Certifié PEFC** / Ce produit est issu de forêts gérées durablement et de sources contrôlées. / pefc-france.org

ADOPTE UN

Tétrok

le

narborok

Anne-Fleur Drillon • Clément Lefèvre

ÉDITIONS MARGOT

Origine

Le narborok descend des **Arbres-Gardiens**. Il y a de nombreux hivers, ceux-ci régnaient sur la forêt, garants de la tranquillité de ses habitants. On les aimait, on les écoutait. Rien ne laissait présager ce qui allait arriver. Petit à petit, **sans bruit**, la Terre entra dans une période glaciaire. Les sols gelèrent, devinrent plus durs que de la pierre. Les Arbres-Gardiens ne pouvaient plus y planter leurs racines. Avec le temps, celles-ci se développèrent autrement, hors de terre, et les Arbres-Gardiens **se mirent à marcher** ; mais aussi à courir, à sauter… et à voyager ! À pas de géant, ils se rapprochèrent de la civilisation.

C'est alors que les humains décidèrent de les exploiter, comme bois de chauffage ou matériau de construction. Ils se mirent en tête de les capturer (un arbre qui marche, c'est bien plus facile à transporter !). Les Arbres-Gardiens durent donc apprendre à **se cacher**. À force de vivre ainsi, terrés, recroquevillés, leur corps changea, se tassa ; ils perdirent leur taille élancée. **Plus possible de voir loin, plus possible d'observer**. Il paraissait alors insensé de continuer à les appeler « Arbres-Gardiens ». Dès lors, ils furent connus sous le nom de « narborok » (petit arbre-monstre).

▸ *Aujourd'hui encore, on trouve des maisons construites à partir d'Arbres-Gardiens imprudents. Si un soir, chez toi, le plancher craque, souviens-t'en…*

Habitat

À l'état sauvage, le narborok vit à proximité des plans d'eau : lac, rivière, mare aux canards, piscine municipale où il pénètre tard le soir… Car ce Tétrok a besoin de faire trempette régulièrement. **L'eau lui est indispensable !**

Adulte, des glands poussent au bout de ses branches. Parfois, un **oiseau** en cueille un et l'emporte dans son nid. Mais si le gland est trop lourd, ou l'oiseau pas assez costaud, le précieux butin est lâché en chemin. C'est ainsi que ce Tétrok se retrouve planté dans les jardins. S'il pleut suffisamment, un bébé narborok – surnommé **« tête d'oignon »** – pointera le bout de ses feuilles. Et devant cette petite mine craquante, impossible de résister ; il sera vite adopté !

Enfin, pour élever cet adorable Tétrok, il faut disposer d'un **jardin**, joli de préférence (une cour intérieure le mettra de mauvaise humeur, un balcon lui filera le bourdon). Le narborok a besoin d'espace pour grandir, s'épanouir…

Pense à arroser fréquemment ton narborok, sinon il se fanera. En pluie fine, ça lui chatouille les brindilles, il adore ça !

Baignade du bébé narborok

Le narborok ne peut pas vivre sans eau. C'est pourquoi il est souvent aperçu au côté d'une drôle de créature nommée « bubbledrok ». Ce Tétrok qui ressemble à une grosse goutte peut cracher de l'eau à l'infini... Les scientifiques n'ont jamais réussi à expliquer cet étrange phénomène.

Alimentation

Le narborok se nourrit principalement **d'insectes**. Des croquants, des craquants, des poilus, des rampants. Son péché mignon : les **coccinelles**. Il peut en dévorer de pleins paniers sans risquer l'indigestion. Après ça, rien de mieux qu'une bonne baignade ! Ce Tétrok, pour garder la forme, a besoin d'absorber beaucoup d'eau. Mais attention aux mauvaises rencontres...

Un jour, un jeune narborok se trempait dans un étang quand soudain, un **poisson à corne** est venu nager entre ses branches. Ce gros gourmand n'a pas pu résister, il n'en a fait qu'une bouchée. Mauvaise idée... Il est devenu bleu et a été malade toute la journée !

Enfin, n'oublions pas de citer les **pommes de pin**, qui ne lui réussissent pas non plus. Essaie de lui en donner une, tu verras bien...

Au menu

- *Soupe de cafards et ses fourmis flottantes*
- *Blanquette de coccinelle et sa purée d'araignées*
- *Tarte au papillon et sa glace à la mouche*

Comportement

Le narborok est le plus humain de tous les Tétrok. En même temps que son corps se développe, la parole lui pousse (seuls les narborok peuvent se comprendre entre eux). En te promenant, tu l'apercevras peut-être en train de **parler aux arbres** – qui ne lui répondent pas, bien entendu, ce sont des arbres.

Mis à part la causette, quelles sont les passions du narborok ? Les oiseaux, encore les **oiseaux** ! Il adore les entendre piailler dans ses feuilles, voleter dans ses branches. Ça le rend gai comme un pinson ! Et si jamais l'un d'entre eux fait son nid sur sa tête, alors là, **c'est la fête !**

Mais il faut bien que le temps, cet embêtant, se rappelle à lui… En vieillissant, le narborok grossit. Il devient lourd, et gras, aigri (un peu). Avec le poids, ses pieds s'enfoncent dans la terre, redevenant des racines. Voilà notre Tétrok planté là, à végéter, parfaitement camouflé au milieu de la forêt. Espérons que cela lui permette d'échapper au **terrible Tordrok !** Un Tétrok géant qui ne ferait qu'une bouchée du narborok…

Les évolutions du **narborok**

Les Tétrok ont tous quatre évolutions bien distinctes. C'est la raison pour laquelle ils portent ce nom [Tétra-ok : quatre monstres].

Ces quatre phases d'évolution ne se retrouvant chez aucune autre espèce, les Tétrok restent un mystère pour les scientifiques.

Bébé : 20 cm / 4 kg

Enfant : 80 cm / 70 kg

Adulte : 1 m / 130 kg

Vieux : 1,20 m / 410 kg

- *(Ceci est une estimation, les données peuvent varier d'un spécimen à l'autre.)*

Quelques Tétrok
à découvrir

Aquapass

TÉTROK SAUVAGE

Bubbledrok

TÉTROK SAUVAGE

Cyclopass

TÉTROK DE COMPAGNIE

Kryzélif

TÉTROK DE COMPAGNIE

Lumipass

TÉTROK SAUVAGE

Monolik

TÉTROK SAUVAGE

Narborok

TÉTROK DE COMPAGNIE

Poussifère

TÉTROK SAUVAGE